REI ARTUR E OS CAVALEIROS DA TÁVOLA REDONDA

Adaptação de
Cícero Pedro de Assis

Apresentação de
Aderaldo Luciano

Ilustrações de
Erivaldo

São Paulo – 1ª edição – 2011

Editora Nova Alexandria.
Av. Dom Pedro I, 840
01552-000 São Paulo SP
Fone/fax: (11) 2215-6252

Site: www.novaalexandria.com.br
E-mail: novaalexandria@novaalexandria.com.br

Editor: Marco Haurélio
Revisão: Aderaldo Luciano
Ilustrações: Erivaldo
Editoração Eletrônica: Viviane Santos
Capa: Viviane Santos sobre ilustração de Erivaldo

DADOS PARA CATALOGAÇÃO (CIP)

Assis, Cícero Pedro de, 1954-
Rei Artur e os cavaleiros da Távola Redonda ; adaptação de Cícero Pedro de Assis ; apresentação de Aderaldo Luciano ; ilustrações de Erivaldo - São Paulo : Nova Alexandria, 2011.
52p. : il. - (Clássicos em cordel)

Adaptação de *Rei Artur e os cavaleiros da Távola Redonda*

ISBN 978-85-7492-224-9

1. Literatura de cordel. 2. Poesia brasileira. I. Título. II. Série.

CDD: 398.5

APRESENTAÇÃO

PARA COMEÇO DE CONVERSA

A história do rei Artur, personagem sobre quem são depositadas as dúvidas da existência, é rodeada de nuvens. Oriundo da Idade Média, protagonista das novelas de cavalaria, guerreiro fundador da Távola Redonda, defensor da Grã-Bretanha, o lendário Artur perfaz o caminho literário abraçado pelas veredas do folclore. Se, de um lado, autores encontram nele elementos históricos, por outro, o povo lhe confia atributos lendários.

É Geoffrey de Monmouth, no século XII, quem apresenta uma genealogia para o rei no livro *História dos Reis Britânicos*. Filho de um relacionamento manipulado pelo mago Merlin, entre Uther Pendragon e Igraine, Artur recolhe para si as características mágicas que o transformarão no herói nacional britânico. Segundo alguns estudiosos, o autor Monmouth escreveu o percurso arturiano a partir de histórias, crônicas e poemas bem anteriores à época em que viveu.

Enquanto Monmouth introduz genealogia e cenário para Artur como o caso da espada Excalibur, fincada na pedra, de onde só as mãos de um predestinado seriam capazes de arrancá-la, é o francês Chrétien de Troyes, já no final do século XII, o responsável pela confecção do universo místico formador do ciclo arturiano das novelas de cavalaria. Por Troyes tomamos contato com a busca pelo Santo Graal, o cálice no qual Cristo bebeu o vinho da última ceia em que José de Arimateia recolheu seu sangue depois da crucificação. *A Morte de Artur* (1485), de Sir Thomas Malory, é, no entanto, a obra mais conhecida do chamado ciclo arturiano.

Por sua característica épica é que o personagem rei Artur não morre no tempo. Por isso, ainda, o seu retorno triunfal, como *best seller*, na obra literária de Marion Zimmer Bradley, *As brumas de Avalon*. Nomes como Morgana, Merlin, Guinever, Persival, Igraine entraram para a nossa vida. Apesar de a lenda de Artur já ser conhecida, havia ali um ar mágico, visto que narrado por Morgana, a senhora da magia.

A LENDA E SEU CONTEXTO

A história do rei Artur vem contada no todo que se chama novela ou romance de cavalaria. O motivo principal dessas narrativas estava vinculado a fatores que refletiam o ideal cavalheiresco, como a fidelidade, o amor servil e a coragem, todos residentes nos valores da nobreza feudal. A Idade Média europeia, conturbada por guerras e disputas, nas quais os cristãos representavam o *Bem* e os não cristãos o *Mal*, foi o berço ideal para essas narrativas.

O herói cavalheiresco é regido pelo valor cristão medieval, obedece à castidade, orienta-se pela fidelidade e está disposto a defender a fé cristã incondicionalmente. O seu objetivo não são os amores fúteis do mundo (como o herói cortês), mas a graça divina.

O RETORNO DO REI

Com a consolidação do cinema nos anos 50 do século XX, as novelas de cavalaria ganharam novo impulso e o rei Artur materializou-se no corpo de atores e em filmes de animação. Desde 1953, talvez a primeira adaptação, *Os cavaleiros da Távola Redonda*, dirigido por Richard Thorpe, com Robert Taylor como Lancelot e Mel Ferrer como o rei Artur, até 2004, com a produção *Rei Artur*, de Antoine Furqua, mais de 20 filmes foram rodados sobre o tema. O clássico *Excalibur* (1982), de John Boorman, além de ser o melhor filme sobre Artur, é a versão cinematográfica mais fiel à lenda.

Vale citar o longa-metragem de animação produzido pelos estúdios Disney em 1963, *A espada era a lei* e uma adaptação do livro de Charles G. Finney, *As sete faces do Dr. Lao*, de 1964, a qual apresenta um Merlin decadente, idoso e ranzinza que já não consegue fazer truques mágicos, artista de circo, ao lado de Pan, o deus grego da natureza, e outras atrações, em um circo mambembe no Arizona, interior dos EUA. Para quem gosta de cinema francês, é fundamental a adaptação de Robert Bresson, *Lancelot Du Lac*, de 1974. Para os leitores de histórias em quadrinhos, lembramos do *Príncipe Valente*, criado por Hal Foster e publicado pela primeira vez em 1937.

REI ARTUR EM LINGUAGEM DE CORDEL

A adaptação dos clássicos para o cordel é uma tradição. Os livros do povo, como dizia Câmara Cascudo, tiveram sua versão em cordel nos primeiros dez anos do século XX. Encontraremos a Donzela Teodora, a Imperatriz Porcina, Genoveva de Brabante, Rosa de Milão e outros personagens clássicos universais agindo nas sextilhas do cordel. As novelas de cavalaria também passaram por esse filtro poético. Os estudiosos apontam um hipotético ciclo carolíngio, ligado a Carlos Magno, com Oliveiros e Ferrabrás, Roldão e até Joana d'Arc. Entretanto a matéria do rei Artur foi pouco explorada. Talvez a ligação remota com o ciclo arturiano tenha se dado com Roberto do Diabo. Agora aparece o rei Artur, do poeta Cícero Pedro de Assis.

A narrativa é mediada pelo matiz episódico, mas o poeta inicia com uma sextilha sobre a paixão, para adiantar a trama urdida por Merlin para a concepção de Artur:

A paixão é sentimento
Que deixa o peito arrasado
Porque sem dó cega os homens,
Isso é fato consumado.
Há quem cometa loucura
Quando está apaixonado.

Cícero é um poeta senhor do seu ofício no cordel e consciente de sua importância. A estrofe final do seu poema é a marca do caráter literário escrito: o acróstico, a tradicional assinatura e marca poética visível ao leitor. O acróstico de Cícero é primoroso, uma confissão sobre o trabalho que é adaptar:

Concluí a grande história,
Importante e valiosa,
Conhecida em todo o mundo.
Eu depois de lê-la em prosa,
Resolvi contar em versos,
Obra que sei que é famosa.

QUEM É CÍCERO PEDRO DE ASSIS

Cícero Pedro de Assis é pernambucano, nascido em Caruaru aos 18 de julho de 1954. Membro da Academia Brasileira de Literatura de Cordel, ocupa a cadeira de nº 30, cujo patrono é o grande poeta paraibano José Galdino da Silva Duda. Radicado na cidade de São Paulo desde 1970, é poeta atuante. Dr. Cilso, como costuma se apresentar, escreveu outras adaptações para o cordel como *As aventuras de Robinson Crusoé* e *Aventuras de Simbá, o marujo* (Editora Luzeiro).

REI ARTUR E OS CAVALEIROS DA TÁVOLA REDONDA

A paixão é sentimento
Que deixa o peito arrasado
Porque sem dó cega os homens,
Isso é fato consumado.
Há quem cometa loucura
Quando está apaixonado.

Uso a força de meus versos,
Que espero que não se esconda,
Pra falar do rei Artur
E a Távola Redonda,
Formada de cavaleiros,
Forçosos qual brava onda.

Quando Uther Pendragon
Era rei da Inglaterra,
Muitas vezes ocorria
Lá no seu reinado guerra,
Deixando visível marca,
Como incêndio numa serra.

Uma delas contra o duque
De Tintagil foi mantida,
Destruindo cruelmente
O bem maior que é a vida,
Que deve ser respeitada
E com amor protegida.

Pendragon, com muito tino,
Fez proposta pela paz
Ao duque de Tintagil,
Com modo muito loquaz.
Não queria ali mais guerra,
O que só tristeza traz.

Indo ao castelo real,
O duque de Tintagil
Levou consigo a esposa.
Mostrando-se o rei gentil,
Pendragon sentiu por ela,
Logo um desejo febril.

Tinha o nome de Igraine
A mulher apaixonante.
Porém o duque notando
Do rei por ela o semblante,
Partiu sem que lhe avisasse.
Não ficou mais um instante.

Logo que soube do duque
A partida repentina,
O rei muito enfureceu-se,
Quase que não se domina.
Mandou chamá-lo de volta
Sob ameaça ferina.

Pelos mesmos mensageiros
Que o rei mandou o chamar,
O duque fê-lo saber
Que lá não ia voltar,
Que estava se preparando,
Pra com ele duelar.

A resistência do duque
Deixou o rei mais irado.
Possuir a bela Igraine,
Que era seu plano traçado,
Viu que não era possível
De tê-lo realizado.

Sitiou logo o castelo
Do duque, sem piedade.
Numa batalha feroz,
Com força de tempestade,
Houve morte dos dois lados
Na brutal inimizade.

Pendragon adoeceu
Pela raiva e por paixão.
Um de seus soldados foi,
Veloz como um furacão,
Em busca do mago Merlin,
Pois havia precisão.

Muitos mistérios o mago
Tão famoso conhecia.
Até da vida e da morte
Ele bastante sabia
E poderia curar
A dor que o rei afligia.

Disfarçado de mendigo
O mago foi encontrado.
Disse que atendia ao rei
Se fosse recompensado
Com o que ele lhe pedisse,
Quando chegasse ao reinado.

Merlin no real palácio
Assim foi dizendo ao rei:
— O que vossa majestade
No coração sente eu sei
E se aceitar meu pedido
Saiba que lhe ajudarei.

Seu desejo é ter Igraine,
Por quem tem paixão ardente.
Farei com que realize
O que seu coração sente.
Tudo sobre o seu futuro
Eu vejo na minha mente.

Na noite em que o senhor rei
Com Igraine se deitar,
Conceberá ela um filho.
Peço-lhe pra me entregar
Essa criança ao nascer,
Que eu crio e vou lhe educar.

O pedido foi aceito
E à noite, numa batalha,
O duque de Tintagil,
Cidadão da Cornualha,
Tombou por terra, sem vida,
Pois o homem sempre falha.

Por arte de encantamento,
Depois da morte do duque,
O rei deitou com Igraine
Sem usar força do muque
E a viúva inocente
Não pôde notar o truque.

Após algumas semanas
Que perdera seu marido,
Igraine sentiu-se grávida.
Pendragon, muito sabido,
A pediu em casamento,
No que foi bem atendido.

Outra vez o mago Merlin
Lá no palácio chegou
E disse ser filho homem
De que Igraine engravidou
E que este ia ser rei
Ligeiro vaticinou.

A esperada criança,
Para cumprir seu destino,
Como havia dito o mago,
Nasceu e era menino.
Merlin o levou consigo,
No que foi muito ladino.

Artur foi o nome dado
À referida criança
Que o trono da Inglaterra
Iria ter como herança.
E seu reino cresceria
Numa perfeita pujança.

O rei Uther Pendragon
Adoeceu gravemente.
Sentindo a morte chegar,
Ele, muito previdente,
Abençoou o seu filho,
Um ato muito decente.

Vendo Pendragon doente,
Sem a menor compaixão,
Os infames inimigos
Fizeram grande traição:
Invadiram suas terras
Como procede o ladrão.

Matando gente sem dó,
Fazendo o maior tumulto,
Aquele povo covarde,
Pelo seu tão grande insulto,
Precisava punição.
Nunca receber indulto.

ERIVALDO

Aconselhado por Merlin,
Embora muito doente,
Pendragon numa liteira
Foi imediatamente
Lá ao campo de batalha,
Para se fazer presente.

Somente sua presença
Fez o seu povo animado.
Foi vencido o inimigo
Que havia desrespeitado
Sua grande enfermidade,
Invadindo seu reinado.

Sem ver o filho crescido,
Logo do mundo partiu,
Pendragon que ao grande Deus
Bênção para Artur pediu.
A classe nobre presente
A sua palavra ouviu.

Durante anos, depois
Que Pendragon era morto,
O caos começou reinar,
Foi um grande desconforto.
E o reinado ficou
Como navio sem porto.

Pelo Natal se esperava
Um milagre acontecer.
Tal data havia chegado.
Todo o povo estava a crer
Que Jesus lhe mostraria
Novo rei para o poder.

Em grande pedra quadrada
No meio dela se via
Certa bigorna de aço,
Que em si cravada trazia
Belíssima espada nua
E um letreiro se lia.

O que tais letras diziam
É necessário contar.
Era assim que estava escrito:
Quem esta espada tirar
Desta pedra e da bigorna
Vai sobre ingleses reinar.

A espada só seria
Do lugar desencravada,
Por cavaleiro fiel
Que tornasse unificada
A Inglaterra e fizesse
A justiça ali usada.

Desejando o trono inglês,
Uns nobres ambiciosos
Foram tentar arrancar,
Por serem muito forçosos,
A espada de onde estava —
Não foram vitoriosos.

Existe tempo pra tudo,
Portanto, chegou o dia
De ser tirada a espada
Do lugar onde jazia,
Pelo cavaleiro certo,
Como o destino pedia.

Artur, que já era um jovem,
Em seu cavalo passou
Pela espada encravada,
Do animal apeou,
Sem haver dificuldade
A arma desencravou.

Ao se encontrar com sir Kay
Entregou-lhe aquela espada,
Artur que o deixou surpreso,
Com a mente conturbada,
Sabendo que era a da pedra,
Onde jazia encravada.

Deixo claro que sir Kay
De sir Ector era filho.
Era pessoa distinta,
Que sempre andava no trilho,
E em tudo que fazia
Não encontrava empecilho

Sir Kay empalideceu
Devido a grande surpresa.
Perguntou firme a seu pai,
Pensando na realeza:
— Sou eu quem deve ser rei?
E lhe mostrou contenteza.

Sir Ector, vendo o filho
Com a espada na mão,
Pediu-lhe pra que contasse,
Fazendo investigação,
O modo que a conseguiu,
Para evitar confusão.

— Foi de Artur que a recebi
Disse sir Kay a verdade
A seu pai, satisfazendo
Assim a sua vontade.
Pois mentir é uma praga
Que muitas mentes invade.

Artur foi entregue a Merlin
Ao nascer para o criar,
Mas o deu para sir Ector
Para com ele ficar.
Este o criou como filho,
Sem nada a ninguém contar.

Do nobre filho adotivo,
É preciso aqui dizer,
Que sir Ector queria
Sem controvérsia saber
Como a espada da pedra
Foi parar em seu poder.

Depois que o rapaz contou-lhe
Tudo que lhe aconteceu,
Que era verdade o que disse
Sir Ector não descreu.
Que Deus queria Artur rei
Foi o que compreendeu.

— Por que tenho que ser rei?
Perguntou naquele instante
Artur ao pai adotivo,
E este, bem radiante,
Respondeu-lhe incontinenti,
Já o vendo triunfante.

Sir Ector disse a ele:
— É porque o cavaleiro
Que arrancasse aquela espada,
Conforme diz o letreiro,
Do trono real inglês
Seria então seu herdeiro.

E o cavaleiro és tu
Que conseguiste a façanha
De arrancar a dita espada
Sem precisar de artimanha.
Tu serás o nosso rei.
Isso é batalha já ganha.

Que Artur não era seu filho
Sir Ector revelou
A ele que, ouvindo isso,
Se decepcionou,
Porém da revelação
Mágoa não lhe resultou.

Sir Ector era um homem
Justo, valente e bondoso,
Proprietário de terras,
Um cidadão valoroso.
De uma total confiança
E por seus filhos zeloso.

— Artur como rei queremos,
Chega de tanto esperar.
É a vontade de Deus.
Não adianta negar!
Era o que o povo gritava.
Ninguém podia o calar.

Tanto ricos quanto pobres
Essa proposta aceitaram,
E todos perante Artur
Logo se ajoelharam.
Pra sua coroação
Os preparos começaram.

Foi logo Artur coroado,
Pra reinar sobre a nação.
Jurou sempre ser honrado
Como nobre cidadão.
Sempre aplicando a justiça,
A verdade e a razão.

Pra coroação de Artur
Houve muitos convidados,
Entre eles muitos reis,
Com o fato inconformados.
Diante do jovem rei
Se acharam como afrontados.

Tais reis não reconheciam
O honrado soberano.
A coroação de Artur
Eles creram ser engano
E através da espada
Iam corrigir o dano.

Merlin surgiu entre os reis
E disse em alto e bom tom:
— Senhores, fiquem sabendo
Que Artur herdou grande dom,
Pois tem o sangue real,
É filho do Pendragon.

Não precisou haver luta
Depois do que Merlin disse.
Os reis então concordaram
Que Artur ao trono subisse.
Nenhum deles mais se opôs,
O que seria tolice.

Artur na primeira guerra
Em que lutou, a venceu,
Empunhando sua espada
Nenhum lutador temeu.
É chamada Excalibur
Essa arma que o valeu.

Um dia foi dito à corte
Que um cavaleiro havia
Num pavilhão luxuoso,
monumental moradia,
E ali ninguém passava,
Pela sua valentia.

Por Cavaleiro da Fonte
Tornou-se então conhecido
O valentão que morava
Naquele canto escolhido.
Era um lugar na floresta
Por uma fonte servido.

Pra lutar com o cavaleiro,
Um conhecido assassino,
O escudeiro Griflet,
Jovem de firme destino,
Foi pedir a majestade,
Se mostrando um paladino.

Do trono da Inglaterra
Artur, um sincero rei,
Atendeu logo o pedido,
Como quem cumpre uma lei.
Griflet saiu pra luta
Pensando: "Já triunfei".

Encontrando o valentão,
Cavaleiro tarimbado,
Griflet o desafiou,
Porém foi o derrotado,
Profundamente ferido,
Sobre o chão desacordado.

O Rei Artur resolveu
Enfrentar o brutamonte.
Não temeu desafiar
O Cavaleiro da Fonte.
Ia derrubar-lhe a fama
Como se fosse uma ponte.

Sabendo que ia haver
Um combate violento,
Merlin teve sobre Artur
O pior pressentimento,
Fez então o seu rival
Adormecer no evento.

O Cavaleiro da Fonte
Se chamava Lancelote,
Onça invencível no pulo,
Cobra certeira no bote.
Demonstrava, estando em luta,
Ter a força de um garrote.

Ao lutar com Lancelote,
Com a morte face a face,
O famoso rei Artur
Sofreu perigoso impasse:
Viu se quebrar sua espada
Sem ter outra que usasse.

Nisso, Merlin apontou
Um lago onde havia um braço
Que segurava a espada
Do mais temperado aço.
Era a mesma Excalibur
Que a luta fez em pedaço.

Surgiu naquele momento
Uma bonita donzela
Chamada Dama do Lago,
Talvez a moça mais bela.
Rei Artur não tinha ainda
Visto outra igual aquela.

Depois que os dois se saudaram,
Rei Artur lhe perguntou
De quem era aquela espada
E a donzela falou
Que aquela arma era dela
E de Excalibur chamou.

Para o rei tê-la de volta,
Disse a donzela contente,
Delicada e muito amável,
Com o rosto sorridente
Que ele teria que dar-lhe
Quando pedisse, um presente.

— Darei o que vós pedirdes
O rei Artur prometeu.
A Excalibur de volta
Da donzela recebeu
E a linda criatura
Logo desapareceu.

Alguns anos se passaram
E Artur vivia em paz.
O seu reino progredia
Com um governo eficaz,
Mostrando que um bom caráter
O tempo não o desfaz.

Durante certa caçada,
Artur, para descansar,
Sentou-se sobre uma pedra
E começou a pensar
Desde quando Excalibur
Conseguiu desencravar.

Uma série de perguntas
Sem resposta lhe ocorria.
Apenas que era o monarca
Daquele reino sabia
E que iria governá-lo
Com justa soberania.

Ainda meditativo
Viu quando se aproximou
Desconhecida criança,
Que ele nem imaginou
Ser o Merlin disfarçado,
E desse jeito falou:

— Sei quem és e os teus pais —
Merlin disse ao grande rei. —
Tu tens o nome de Artur,
Isso errado não falei.
Teus pais, Uther Pendragon
E Igraine, te provei.

— Tu mentes — disse-lhe Artur. —
Como é que podes saber
Isso que tu me disseste?
Vieste me aborrecer!
És ainda uma criança
E muito tens que aprender!

A criança foi embora
E um velhinho chegou,
Outro disfarce de Merlin
Que com perfeição usou,
Ao lado do rei Artur
Sentado o observou.

— Foste tolo não ouvindo
O que a criança te disse —
Reprovou-lhe o grande mago —
Nisso mostraste tolice!
Não és surdo nem tampouco
Já chegaste à caduquice.

Perguntou-lhe o rei Artur,
Num tom de quem quer brigar,
— Quem és tu que vens aqui
Desse modo me falar?
— Sou Merlin, foi a resposta
Que fez Artur se assustar.

— Como és maravilhoso!
Dize mais, conta-me tudo
De meu pai e minha mãe,
Que eu fico aqui como mudo.
Pediu-lhe Artur, muito alegre,
Com seu pensamento agudo.

Muitas histórias contou-lhe
Seu amigo, o grande mago,
Sobre Uther Pendragon,
Sem deixar espaço vago.
Um relato tão completo
Que merecia ser pago.

Merlin, sem demonstrar medo,
A própria morte previu:
Seria enterrado vivo,
Com segurança exprimiu.
Essa previsão foi soco
Que o rei Artur agrediu.

Chegou a vez de Artur
Sair do seu celibato.
Precisava de uma esposa
Do mais perfeito recato,
Mas pra poder encontrá-la,
Teria de ser sensato.

O rei Artur se casou
Que era o desejo dos nobres.
Deu, por ter bom coração,
Terra aos cavaleiros pobres,
Pois eles a cultivando
Também teriam seus cobres.

Merlin tentou impedir,
Por já saber seu futuro,
O casamento de Artur,
Porque estava seguro
De que o rei ia sofrer
No enlace um golpe duro.

Os argumentos do mago
Foram palavras perdidas
Para o rei que as escutava,
Mas não eram bem ouvidas.
Ele não dava atenção
E eram logo esquecidas.

Seu sogro Leodegrance,
Rei muito conceituado,
Deu-lhe uma mesa redonda,
Pois era genro estimado,
Com Guinever, sua filha,
Artur havia casado.

Era a Távola Redonda
O nome da dita mesa,
E esta cento e cinquenta
Cavaleiros de destreza,
Reunia ao seu redor,
Devido sua grandeza.

Depois de realizado
O casamento real,
Ato que até parecia
Um imenso festival,
O rei Artur reuniu
Da Távola o pessoal.

Cada um dos cavaleiros
Ocupou o seu assento,
Prestando naquele instante
Um sagrado juramento
De nunca trair ninguém,
Pois é gesto violento.

Defender a causa justa,
Não fazer assassinato,
Proteger desamparados,
Como cidadão cordato,
Também todos prometeram,
Mostrando modo pacato.

Na Távola certo assento
Vivia desocupado,
Que aparecesse seu dono
Por todos era esperado.
E Cadeira Perigosa
Foi pra ela o nome dado.

No castelo em Camelot,
Chegou, parecendo aflita,
Uma jovem que trazia
Uma espada bonita,
Como grudada em seu corpo,
Coisa bastante esquisita.

Vítima de encantamento
Dela não se separava
A espada enfeitiçada,
Que tanto a incomodava,
Por não lhe sair da cinta
E dela não se livrava.

Creu na Távola Redonda
Haver algum cavaleiro
Que esse grande encantamento
Desfizesse bem ligeiro,
Porém nenhum conseguiu,
Nem com força de toureiro.

Tinha Artur em sua corte
Um cavaleiro estimado
Por ele, que era Balin,
Por outros menosprezado,
Que por suas qualidades
Tornou-se então destacado.

Ofereceu-se Balin,
Demonstrando compaixão,
Para livrar a donzela
Daquela situação,
Já que o esforço dos outros
Teve um resultado vão.

Tirou com facilidade
A espada que pendia
Na cintura da donzela
E que dela não saía.
Quebrou-se o encantamento
Que lhe causava agonia.

— Agora dai-me a espada —
A donzela lhe pediu.
Balin respondeu-lhe: — Não!
E ela não insistiu.
Ele prestou-lhe um favor,
Mas covardemente agiu.

— A tua rude atitude
Trará desgosto profundo
A ti, falou-lhe a donzela,
Com jeito meditabundo,
Com ela tu matarás
Quem mais amas neste mundo.

Balin, cavaleiro pobre,
Tomou daquela donzela
A espada que vivia
Bem presa à cintura dela.
A moça, muito educada,
Não quis promover querela.

Possuindo a bela espada,
Balin achou ter chegado
A hora de correr mundo,
E logo assim destinado,
A procurar aventuras
Sentiu-se capacitado.

Nesse meio tempo veio
Ao palácio imperial
A grande Dama do Lago,
Numa visita formal,
Pra tratar de velho assunto
De interesse pessoal.

Com firmeza nas palavras
Do rei Artur exigiu
O que ele lhe prometera;
Constrangido o rei se viu.
A cabeça de Balin,
Ou da donzela, pediu.

Disse-lhe a Dama em tom triste:
— O meu pedido aceitai.
Balin matou meu irmão,
Dele o ódio não me sai;
Nem da donzela, culpada
Pela morte de meu pai.

— Não posso — disse-lhe Artur —
Atender o teu pedido
Pede qualquer outra coisa
Que vier no teu sentido,
Porém nenhuma cabeça,
Isso me é indevido.

— Não pedirei outra coisa! —
Disse a Dama, resoluta.
O argumento de Artur
Não lhe alterou a conduta.
O rei se viu em apuros,
Como em pesada disputa.

Pra despedir-se de Artur
Nesse momento chegou
Balin, que sendo informado
Sobre o que a Dama falou,
Com violenta espadada
Sua cabeça arrancou.

— Vai-te daqui para sempre!
Disse o rei Artur irado
A Balin, devido à morte
Que ele havia praticado.
Ver aquele assassinato
O deixou envergonhado.

Depois disso, o assassino,
Confiado na bravura,
Partiu da corte deixando
O luto e grande amargura.
Saiu pelo mundo afora
Só pensando em aventura.

Ao socorrer uma dama
Balin, com grande furor,
Abateu um cavaleiro,
Sem mostrar nenhum temor,
Supondo que se tratava
De um terrível malfeitor.

O elmo que protegia
Do assassinado o rosto,
Depois de lhe ser tirado
Trouxe revolta e desgosto,
A Balin, que estava errado,
No que havia suposto.

Foi o seu querido irmão
Que ele sem querer matou,
Se cumprindo o que a donzela
Com firmeza lhe falou,
Quando a valiosa espada
Dela o covarde tomou.

No auge do desespero
Por ter matado o irmão,
Achou que seu grande crime
Não merecia perdão.
Com aquela mesma espada
Cravou o seu coração.

No caminho de Artur
Eis que aparece uma fada
Pra complicar sua vida,
Já bastante atribulada,
Como se fosse um castigo
Em sua longa jornada.

Era chamada Morgana,
Um elemento ruim,
Mesmo sendo irmã de Artur,
Só queria ver seu fim.
Tinha com toda a certeza
O proceder de Caim.

Com instinto de serpente
Morgana ao Artur traiu.
Trocou-lhe a famosa espada,
Em prisão ele caiu.
Ela que o queria morto
Nisso grande chance viu.

Pra ganhar a liberdade
Teria que combater
Contra um irmão de sir Damas,
Que muito hesitou querer,
Mas acabou aceitando,
Pra na prisão não morrer.

Sir Damas tinha usurpado
Do coitado irmão mais moço
A sua devida herança,
Como quem faz um destroço,
Pouco se importando vê-lo
Como atirado num poço.

Sendo sir Damas covarde
Nunca tentou enfrentar
O seu irmão corpo a corpo,
Com medo de fracassar.
Procurava um cavaleiro
Para por ele brigar.

ERIVALDO

Duma batalha recente
Inda se achava ferido
Sir Ontzlake, irmão,
De sir Damas, atrevido,
O maldito usurpador
Que devia ser punido.

Pra lutar em seu lugar
Sir Accolon lhe pediu.
Sir Ontzlake, alegre,
Essa troca consentiu.
Foi tratar dos ferimentos
De que a luta lhe cobriu.

Com a proteção de Merlin
Artur contar não podia,
Pois ele havia morrido
E disso o rei já sabia.
Da maneira que previu
Tombou sobre a terra fria.

O combate foi terrível.
Artur, se vendo ferido,
Conheceu no mesmo instante
Que havia sido traído.
Que a Excalibur na mão
Do outro havia caído.

Com a espada partida
Artur negou se render.
Mesmo sangrando bastante,
Não deu o braço a torcer.
Tampouco desanimou,
Vendo seu sangue escorrer.

Nimue por encantamento
Fez a espada cair
Das mãos de sir Accolon
E Artur a conseguir.
Este suspendeu o golpe
Que iria desferir.

Nimue era uma donzela
Do lago aqui já falado.
Accolon, o cavaleiro
Que combateu enganado,
Sem saber que com Artur
É que havia lutado.

Esclarecido o engano,
De sir Accolon foi sorte.
Rei Artur lhe perdoou,
Também lhe poupou da morte.
Fora estes desconheço
Quem na luta foi mais forte.

Artur dirigiu-se a Roma,
Onde fora batalhar
Contra o domínio romano
Por não querer aceitar
Pagamento de tributos,
Pois não iria pagar.

Rei Artur vitorioso
Voltou então da batalha
Que, destemido, travou.
Sua luta não foi falha.
Enfrentá-lo num duelo
Era dar murro em navalha.

Perguntou certo eremita,
De forma muito educada:
— A Cadeira Perigosa
Porque não é ocupada?
Se as outras todas estão
Ela deve ser usada!

Respondeu-lhe o rei Artur,
Também de modo polido:
— Não há quem nela se sente
Que não seja destruído
A não ser o cavaleiro
Ainda não conhecido...

Retrucou-lhe o eremita,
Com muita convicção:
— O cavaleiro esperado,
Eu lhe digo de antemão,
Ainda não é nascido,
Mas trará nobre condão.

Será ele o cavaleiro —
Revelou-lhe o eremita —
Que terá uma missão
Pesada, porém bonita:
Achar o Santo Graal,
Cálice de honra bendita.

O Santo Graal famoso,
Por muitos tão desejado,
Conforme diz a história
Em si trazia guardado
Porção do sangue de Cristo,
O Cordeiro imaculado.

Retirou-se o eremita,
Depois do que proferiu.
Deixando todos surpresos,
Foi que ele dali saiu.
Cabisbaixo, pensativo,
Ficou ali quem lhe ouviu.

Ao final de muitos anos,
O cavaleiro esperado
Apareceu de repente,
Pra seu destino traçado.
Era o jovem Galahad,
Pra o assento reservado.

Na festa de Pentecostes
Apareceu um letreiro,
Na Cadeira Perigosa,
Que foi grande mensageiro,
Todinho gravado em ouro,
Um esplendor altaneiro.

Rei Artur mandou cobrir
Com pano de seda pura
O encosto da cadeira
Mostrando sua cultura,
Para o cavaleiro usá-la,
Por certo grande figura.

Um fato misterioso
Causou enorme surpresa,
Tanto aos vassalos da corte,
Quanto à classe da nobreza,
O que despertou em todos
Uma total estranheza.

Sobre pedra flutuante
Dum rio estava encravada,
Como que desafiante,
Uma valiosa espada,
Com inscrição que dizia
Por quem seria arrancada.

Para me arrancar daqui
Não é somente querer —
Dizia aquela inscrição —
Só quem pode isso fazer
É aquele em cuja cinta
Deverei sempre pender.

Por ordem do rei Artur
Gawaine não conseguiu
Arrancar a grande espada,
Da empresa desistiu.
Persival também tentou
A arma nem se buliu.

Surgiu um certo ancião
Todo de branco trajado,
Por um rapaz de vermelho
Se fazia acompanhado.
Saudou a todos dali,
De modo muito educado.

— A paz esteja convosco —
Disse respeitosamente.
— De José de Arimateia
Eu vos trago um descendente:
Falava de Galahad,
Que se achava ali presente.

Só o jovem Galahad
Pôde a espada arrancar.
Nem precisou fazer força
Pra missão executar.
Enfiou-a na bainha,
Seu adequado lugar.

A Cadeira Perigosa
Teve seu dono afinal,
Pois se achava nela escrito
De maneira especial:
Cadeira de Galahad,
Pois ele é príncipe real.

Sentados os cavaleiros
Preparados pra cear,
Eis que um estrondo é ouvido,
Nenhum pôde suportar.
Surgiu o Santo Graal.
Não o puderam olhar.

Ficou o ar perfumado
E misteriosamente
A mesa à qual se sentaram
Viram se encher de repente
De comidas e bebidas,
Um fato surpreendente.

Porém o Santo Graal
Percorreu todo o salão,
Lá onde seria a ceia,
Sem ninguém botar-lhe a mão,
Depois desapareceu,
Parecendo zelação.

Todos ficaram sem fala
Pelo que aconteceu.
Somente quando sumiu
Aquilo que os envolveu,
Foi que puderam falar.
Mas nenhum nada sofreu.

Artur deu graças a Deus
Nada ninguém ter sofrido,
E todos os cavaleiros,
Cada um mais atrevido,
Querendo o Santo Graal
Procurar já decidido.

O rei Artur já sabia
O que ia acontecer,
E que a Távola Redonda
Iria se desfazer,
Porque muitos cavaleiros
Na procura iam morrer.

Chorou ao se despedir
De seus homens valorosos.
Doía-lhe separar-se
De varões tão corajosos,
Que diante de batalha
Nunca ficaram medrosos.

Recuperando os sentidos,
Pois ficara desmaiado
Pela mágica de Merlin,
Que aqui já fora contado,
Volta à Távola Redonda
Lancelote denodado.

— Todos temos que morrer
No dia que está marcado.
Consolai-vos, majestade —
Disse, firme e animado,
Lancelote ao rei Artur,
Que chorava amargurado.

Uma missa foi rezada,
Depois dela houve tristeza,
Pois da Távola Redonda,
Com decisão e firmeza,
Todos os seus cavaleiros
Partiram pra dura empresa.

Cada um foi procurar
Ligeiro o Santo Graal,
Missão bastante difícil
Para qualquer um mortal,
Mas nenhum mediu esforço
No arriscado ideal.

Os forçosos cavaleiros
De rija disposição,
Buscando o cálice santo
Sofreram desilusão,
Mais de metade morreu.
Foi-lhe perdida questão.

Usando um escudo branco
Para ele reservado,
Galahad agora estava
Plenamente preparado
Pra topar qualquer perigo
Que lhe fosse destinado.

Persival, Bors, Galahad
Passaram para a história,
Como os três que conseguiram
A maravilhosa glória
De achar o Santo Graal,
Que nos ficou na memória.

Ficou o cálice santo
Com Galahad somente,
Que o tratava com respeito,
Como sagrado presente.
Honrado por possuí-lo
Vivia muito contente.

Tornando-se rei de Sarras
Somente um ano reinou,
Galahad, um cavaleiro
Que outro jamais lhe igualou,
Ajoelhado, rezando,
A alma a Deus entregou.

Logo ao morrer Galahad
Deu-se um fato interessante,
O lindo Santo Graal
Do valor mais relevante,
Foi por mão misteriosa
Levado no mesmo instante.

Desde que ele foi levado
Ninguém pôde mais dizer
Que o viu em algum lugar
Dessa terra aparecer.
Se disser, está mentindo,
No que digo podem crer.

Ninguém foge do destino,
Todos o têm já traçado.
O que há de acontecer
Não pode ser evitado.
Demore o tanto que for,
Isso será consumado.

Mago Merlin já havia
Ao rei Artur prevenido
Que o Cavaleiro da Fonte,
Com quem tinha se batido,
Grande tristeza ia dar-lhe
Após muito o ter servido.

O rei Artur foi traído
E esta foi a tristeza
Que o mago Merlin previu,
Pra o senhor da realeza.
Foi um caso de adultério,
Inaceitável torpeza.

Lancelote, o Cavaleiro
Da Fonte, era apaixonado
Pela Guinever, rainha,
E era por ela amado.
A honra do rei Artur
Os dois haviam manchado.

Na fogueira ia ser morta
Guinever, sem ter clemência.
Sabendo a condenação,
Lancelote com urgência,
Fugiu com ela a livrando
Da horrorosa ocorrência.

Para o grande rei Artur
Nova batalha ia haver.
Em uma segunda-feira.
É necessário dizer
Que no domingo um aviso
Veio a fim de o valer.

ERivaldi

Por angustiante sonho
Artur foi advertido
Que ele no dia seguinte
Seria em luta vencido,
Se lutasse, e morreria.
Que fosse então precavido.

Aconteceu justamente
O que foi dito no sonho.
Rei Artur tombou sem vida
Sob um combate medonho,
Travado no dito dia,
Talvez cinzento e tristonho.

Mordred, filho de Artur,
Ao seu pai atraiçoou,
No que igualou-se a Morgana
Que a Excalibur trocou,
E Artur sem sua espada
Preso em luta se tornou.

O combate referido
Mordred é quem promoveu.
Foi a luta mais cruenta
Que ali no reino se deu.
Artur lhe tirou a vida,
Mas o mesmo lhe abateu.

Rei Artur teve afoiteza.
Digo sem fazer alarde:
Certas vezes ser afoito
É melhor que ser covarde,
Para o arrependimento
Não acontecer mais tarde.

Seja pobre ou seja rico,
Dono maior império,
Da morte ninguém escapa
De um a outro hemisfério.
A vida material
Termina no cemitério.

No túmulo do grande rei,
Um soberano eficaz,
Foi escrito um epitáfio
Dizendo: *Artur aqui jaz*
Rei que foi, rei que será —
O que o tempo não desfaz

A morte do grande rei
Trouxe grande sentimento.
Guinever passou o resto
De seus dias num convento,
Orando constantemente
Em que buscava acalento.

Concluí a grande história,
Importante e valiosa,
Conhecida em todo o mundo.
Eu, depois de lê-la em prosa,
Resolvi contar em versos,
Obra que sei que é famosa.